Seelenzwilling
PFEFFERMINZIA
BELTANE
AF400604

Impressum:
Bibliografische Information der Deutschen Nationalbibliothek. Die Deutsche Nationalbibliothek verzeichnet diese Publikation in der Deutschen Nationalbibliografie; detaillierte bibliografische Daten sind im Internet über http://dnb.d-nb.de abrufbar.
Veröffentlicht bei Infinity Gaze Studios AB
1. Auflage
Juni 2024
Alle Rechte vorbehalten
Copyright © 2024 Infinity Gaze Studios
Texte: © Copyright by Pfefferminzia Beltane
Cover & Buchsatz: Valmontbooks

Infinity Gaze Studios AB
Södra Vägen 37
829 60 Gnarp
Schweden
www.infinitygaze.com

Kapitel 1

Heute lag Annes 30. Geburtstag auf den Tag genau eine Woche zurück. Eigentlich hatte sie ihn groß feiern wollen; sie hatte im Gasthof „Black River" den kleinen Saal gemietet, die Floristin Angela für die Blumendekoration bestellt und dem Gastwirt Stewart Brighton ein großes Buffet in Auftrag gegeben.

Ihre Mutter Harriet wollte aus dem Norden anreisen, Anne hatte in heller Vorfreude das kleine Gästezimmer für sie hergerichtet, sogar frische Blumen auf den kleinen Tisch gestellt. Ihre Mutter liebte Blumen über alles! Da sich die beiden nicht mehr so oft sahen, seit Anne in das südlichere Örtchen Maldon gezogen war, war es ihr ein Bedürfnis, ihrer Mutter etwas Freude zu bereiten. Ihr Vater war vor 7 Jahren plötzlich verstorben, die Ärzte diagnostizierten Herzversagen. Anne dachte wehmütig an ihren Vater, als sie vor Wochen die Geburtstagseinladungen schrieb, wie gern hätte sie ihn dabei gehabt!

Tante May hatte ihr Kommen auch angekündigt, sie wohnte in London und fuhr leidenschaftlich gern hinaus aufs Land, um sich vom Stadtlärm zu erholen. Aber auch ihre Freundin Madeleine und ihr Mann Joshua waren eingeladen, die früheren Schulfreundinnen Liz und Betty sowie der alte Mr. Dancon und seine Frau, die zu Annes treuesten Kunden zählten. Vor 3 Jahren hatte Anne den kleinen und sehr beliebten Buchladen in der Taylor-Street von Mrs. Chapman übernommen, die sich mit fast 70 Jahren aus dem Geschäft zurückzog. Anne hatte während ihres Studiums in Literaturwissenschaften oft bei der alten Mrs. Chapman ausgeholfen, um sich ihr Studium zu finanzieren. Ihr hatte die Arbeit immer sehr viel Spaß gemacht, und Mrs. Chapman war überaus dankbar für die tatkräftige Unterstützung. In ihrem Alter wollten die Beine nicht mehr so richtig, und auch ihre Hüfte bereitete mehr und mehr Schwierigkeiten. So war die alte Dame mehr als dankbar, dass Anne ihr Angebot zur Übernahme des Buchladens annahm. So kam dieser in gute Hände, und Mrs. Chapman konnte sich beruhigt ins Privatleben zurückziehen.

Natürlich hatte Anne auch sie zu ihrer Geburtstagsfeier eingeladen. Doch Mrs. Chapman lehnte die Einladung mit Bedauern ab, sie befand sich gerade im Krankenhaus, eine Operation an ihrer

Hüfte stand kurz bevor. Sie hatte aber bei einem Blumenversandhandel einen bunten und überaus großen Strauß Sommerblumen zu Anne schicken lassen und ihr die besten Wünsche übermittelt.

Alles war für Annes großen Tag vorbereitet.

Eine Woche vor ihrem Geburtstag begann der Tag wie immer. Anne hatte mit Robert, ihrem Freund, gefrühstückt, und beide brachen anschließend zu ihrer Arbeit auf. Robert hatte am Rande des Ortes eine kleine Autowerkstatt, die schon sein Vater geführt hatte. Anne und Robert hatten sich kurz nach Annes Umzug nach Maldon kennengelernt, als sie ihr Auto in seine Werkstatt brachte. Die alljährliche Inspektion musste durchgeführt werden. Anne war Robert sofort sympathisch, ihre offene unbeschwerte Art faszinierte ihn. Doch er war zu schüchtern, um sie auf eine Tasse Tee einzuladen. So beschränkte sich ihre anfängliche Kommunikation ausschließlich auf Geschäftliches.

Auch Anne fand Gefallen an dem blonden, gut gebauten jungen Mann, der immer ein Lächeln auf den Lippen hatte. Als ihr Mini Cooper eines Morgens nicht ansprang, griff sie zum Telefon und wählte die Nummer von Roberts Werkstatt.

Als er hörte, wer am Apparat war, begann sein Herz wild zu klopfen und seine Hände wurden ganz zitterig. Schnell packte er das nötigste Werkzeug zusammen, sprang in seinen Pickup und brauste zu Anne, um ihr Fahrzeug wieder in Gang zu bringen. Im Geiste dankte er der schicksalhaften Fügung und der Anfälligkeit der Technik, dass er Anne wiedersehen konnte.

Diese wartete bereits an ihrem Auto. Robert stieg aus seinem Pickup.

„Will er heute nicht?" fragte er mit Blick auf Annes Mini Cooper.

Anne zuckte mit den Schultern. „Nein. Er springt nicht an!"

Roberts Hände zitterten, als er die Motorhaube des kleinen Autos öffnete. Die Werkzeugtasche hatte er neben sich gestellt.

„Steigen Sie bitte mal ein und versuchen Sie ihn zu starten!" wies Robert Anne an.

„Okay!" sagte sie und setzte sich hinters Lenkrad.

Beim Versuch, das Auto zu starten, kamen nur leiernde Geräusche.

„Alles klar." Robert wusste natürlich sofort, dass es sich hier um einen defekten Anlasser handelte. „Ich muss das Auto mit in die Werkstatt nehmen. Hier kann ich es nicht reparieren."

Anne atmete tief. „Ach, das hab ich mir gedacht. Jetzt komme ich aber zu spät zu Mrs. Chapman. Ich arbeite heute wieder in ihrem

Laden. Sie wird sich bestimmt Sorgen machen, sonst bin ich stets pünktlich."

Robert lächelte sie an. „Ich fahre Sie natürlich hin, das ist doch Ehrensache!"

Anne strahlte. „Wirklich? Das ist aber sehr freundlich von Ihnen! Ich bezahle Ihnen natürlich die Extra-Fahrt."

Robert winkte ab. Ihm ging es nicht um die paar Pfund zusätzlich, er war glücklich, dass er Annes Gesellschaft auf diese Weise etwas länger genießen konnte.

Der Anlasser des Mini war schnell repariert. Bereits am Abend rief Robert Anne an, dass er ihr gern ihren Wagen nach Hause bringen würde. Als neuen Service sozusagen. Er erwähnte nicht, dass sich dieser Service ausschließlich auf Anne begrenzte.

Anne war froh und erleichtert, dass die Reparatur so schnell ging und sie ihren Mini bald wieder hatte. Pünktlich um 19:00 Uhr hupte es vor Annes Wohnung und ein fahrbereites und frisch gewaschenes kleines schwarz-graues Auto, aus dem ein blonder Werkstattmeister stieg, stand unter ihrem Fenster.

Anne begrüßte Robert und da sie ihm wirklich mehr als dankbar für seine schnelle Hilfe war, lud sie ihn kurzerhand auf eine Tasse Tee in ihre Wohnung ein. Robert nahm freudestrahlend an.

Nach diesem Abend sahen sie sich öfter, und langsam entwickelte sich eine Romanze zwischen den beiden. Nach einem halben Jahr zog Robert bei Anne ein.

Robert wollte Anne zu ihrem bevorstehenden 30. Geburtstag eine besondere Freude machen und machte deshalb einen Umweg, bevor er in seine Werkstatt fahren wollte. Anne sollte von seinen Plänen natürlich nichts wissen. Er hatte vor, sie mit einer Kurzreise in die Stadt der Liebe, Paris, zu überraschen. Dazu hatte er bereits mit Mrs. Goldsmith telefoniert, die die Reiseagentur in Maldon führte. Sie sollte Robert einige Angebote heraussuchen, die sie gemeinsam besprechen wollten.

Robert bog laut pfeifend in die Colchester-Lane ein. Direkt hinter der Ecke stand ein defekter LKW, den Robert zu spät sah. Es gab einen lauten Knall, Glas splitterte, Menschen schrien auf….

Wenige Minuten später sah man den Rettungswagen mit Blaulicht in die Colchester-Lane einbiegen. Der Notarzt blickte in die gesplitterte Seitenscheibe des schwarzen Pickups. Er versuchte einen Puls des Fahrers zu finden, dessen mit Blut überströmtes Gesicht auf dem Lenkrad lag. Der Notarzt konnte keinen Puls mehr finden.

Anne kauerte teilnahmslos in der Ecke ihres Sofas. Eine Decke lag über ihren Schultern, seit

Robert nicht mehr da war, fröstelte es sie ständig. Sie blickte starr in die Zimmerecke, das Telefon klingelte in regelmäßigen Abständen; Anne hörte es nicht.

Als ihre Mutter von Roberts tödlichem Unfall erfuhr, war ihr Koffer bereits gepackt, und Harriet bereit zur Abreise in Richtung Maldon. In einer separaten Tasche lagen liebevoll verpackte Geschenke zu Annes Geburtstag.

„Ich muss jetzt allein sein, Mum." waren Annes Worte am Telefon. „Bitte akzeptiere es. Ich kann jetzt keine Besuche empfangen."

„Aber Kind, ich …" Harriet verstand die Welt nicht. Gerade jetzt wollte sie ihrer Tochter unbedingt Beistand leisten.

„Mum bitte." Harriet hörte nur noch ein kurzes Knacken in der Leitung; Anne hatte aufgelegt.

Seither versuchte die Mutter immer wieder, ihre Tochter zu erreichen, genauso wie Tante May, die Freundinnen Madeleine, Liz, Betty und viele andere.

Stewart Brigthon hatte mittlerweile die Blumendekoration im Saal des „Black River" weggeräumt und die unbenutzten weißen Tischtücher wieder gefaltet und in die Schränke gelegt. Tagelang war er dazu nicht fähig, hatte den geschmückten kleinen Saal seines Gasthofes nicht einmal betreten können. Zu schmerzvoll war der

Gedanke an den viel zu frühen Tod des jungen Robert, seine trauernde Freundin Anne und die Tragödie der dadurch ausgefallenen Geburtstagsfeier. Stewart hatte die beiden schon ihre Hochzeit bei ihm feiern sehen, er hätte es beiden von Herzen gegönnt, so glücklich wie sie waren.

Der Unfall lag nun mehr als eine Woche zurück. Anne hatte die meiste Zeit in der Sofaecke gesessen, die Knie angezogen und vor sich hin gestarrt. Sie war blass und eingefallen, hatte kaum etwas gegessen oder getrunken. Ihre Augen waren rot und geschwollen. Sie trug noch dieselben Sachen wie am Tag, als Charly, der Ortspolizist, in ihren Buchladen kam, sie aufforderte, sich zu setzen und ihr dann stammelnd die Nachricht vom Unfall in der Colchester-Lane überbrachte. Anne hing an Charlys Lippen, als er erzählte. Sie hörte seine Worte, konnte ihnen aber kaum folgen.

„Robert... um die Ecke... kaputter LKW... konnte nicht ausweichen... Notarzt..."

„Das... das... muss ein Irrtum sein! Charly, das ist ein Irrtum! Robert war das nicht! Er muss nicht durch die Colchester-Lane! Er fährt da nie lang! Er... er... Robert fuhr zur Werkstatt, da muss er dort nicht lang!" schrie Anne durch den Laden, als ihr langsam bewusst wurde, was der Polizist ihr mitteilen wollte.

Charly senkte betroffen den Kopf. Zu gern wollte er Anne etwas anderes sagen, aber er wusste, dass es Robert war, der in seinem Pickup gegen den LKW gekracht war. Er wollte Anne in den Arm nehmen und trösten, doch sie stieß ihn weg und schrie:

„Warum tust du das, Charly? Warum…? Robert ist in seiner Werkstatt, komm, wir fahren zu ihm! Ich beweis es dir!"

Anne wollte auf die Straße laufen, zog Charly am Arm, dass er sie begleiten solle, doch Charly hielt sie fest.

„Anne… ich… bleib stehen, bitte."

Anne verfiel in einen Weinkrampf. Charly hatte daraufhin den Buchladen abgeschlossen und Anne nach Hause gefahren. Mrs. Chapman hatte einen Tag später ein Schild ins Schaufenster gehängt: ‚Wegen Todesfall geschlossen.'

Die Tage vergingen. Annes Anrufbeantworter hatte sich bereits selbst abgeschaltet, es passten keine neuen Nachrichten mehr darauf. Ihre Mutter hatte ihr unzählige Male darauf gesprochen, Anne möchte doch bitte ans Telefon gehen. Harriet klang vollkommen verzweifelt, die Hilflosigkeit drohte sie zu zermürben. Zu Hause sitzen und ihrer Tochter in dieser unerträglichen Situation nicht helfen zu können, machte die Mutter krank.

Morgen sollte Roberts Beerdigung stattfinden, an dieser wollte Harriet unbedingt teilnehmen. Den Termin hatte sie von ihrer Schwester May erfahren, die selbst beim Bestatter angerufen hatte. Anne hüllte sich nach wie vor in Schweigen. Mit letzter Kraft war sie zweimal ins Bestattungsunternehmen gefahren, hatte die Formalitäten erledigt, einen Sarg ausgesucht, Blumenschmuck bestellt und auf dem Friedhof einen Platz ausgewählt. Ihr Körper schien wie mechanisch zu funktionieren, ihr Geist war ganz woanders.

Am Abend vor der Beerdigung raffte Anne sich auf, rutschte langsam aus ihrer Sofaecke und schleppte sich zum Kleiderschrank. Sie zog den dunkelblauen Hosenanzug heraus, den sie sich vor einem Jahr in Jennys Boutique gekauft hatte. Bisher bot sich keine Gelegenheit, ihn zu tragen. Dass sie den Anzug ausgerechnet zu Roberts Beerdigung das erste Mal anziehen würde, hätte Anne beim Kauf niemals für möglich gehalten.

Sie hängte den Bügel mit dem Kleidungsstück an die Tür, ging kurz ins Badezimmer und legte sich dann schlafen.

Roberts Beerdigung brachte nahezu den ganzen Ort Maldon auf die Beine. Die meisten kannten ihn gut, nahezu jeder hatte sein Fahrzeug schon in seiner Werkstatt reparieren oder warten lassen.

Alle mochten den freundlichen jungen Mann.

Die Bestürzung über seinen tragischen Unfalltod stand allen ins Gesicht geschrieben.

Annes Mutter Harriet war mit dem Nachtzug angereist und hatte sich im Gasthof „Black River" ein Zimmer genommen. Tante May war ebenfalls gekommen, zog aber ein Hotel als Unterkunft dem Gasthof vor. Sie brauchte mehr Annehmlichkeiten als es ein kleiner Landgasthof bieten konnte.

Liz und Betty sowie das Ehepaar Dancon, die netten Stammkunden aus Annes Laden, erschienen erst wenige Minuten vor dem Trauergottesdienst mit dem Taxi.

Pfarrer Laney fand liebevolle und tröstende Worte, die Anne allerdings kaum wahrnahm. Harriet und May schluchzten laut in ihre Taschentücher, Bettys Hände zitterten fortwährend, während der Pfarrer seine Rede sprach. Anne saß kerzengerade auf ihrem Stuhl in der kleinen Kapelle von Maldon, Tränen liefen ihr über das Gesicht, sie knetete die ganze Zeit ein Papiertaschentuch, ansonsten sah man keine Regung an ihr. Wie versteinert saß sie da.

Der Bläserchor spielte leise, als der Sarg langsam in die Erde gelassen wurde. Als Anne eine rote Rose auf den Sarg warf, schüttelte sie ein Weinkrampf.

„Robert…!" schluchzte sie laut. „Robert, nein, komm zurück! Du kannst mich nicht allein lassen!"

Ihre Mutter fing sie auf, stützte sie und drückte Annes Kopf an ihre Schulter. Sie ließ ihrer Trauer um Robert freien Lauf.

Anne war in ihrem blauen Hosenanzug auf ihrem Bett eingeschlafen. Die Mutter hatte ihr zuvor einen starken Kräutertee bereitet, der ihre Tochter etwas beruhigen sollte. Harriet saß in Annes Küche und beobachtete ihr Kind. Es zerriss ihr das Herz, sie so leiden zu sehen. Eine solche Katastrophe hatte niemand kommen sehen, im Gegenteil. Wie hatte sich Harriet gefreut, als Anne ihr Robert vorstellte! Alles war nun zerplatzt wie eine Seifenblase, eine Hochzeit, Enkel… alles. Konnte sie ihre Tochter in diesem Zustand überhaupt alleine lassen? Würde sie sich wieder fangen und ihr Leben fortführen können?

Anne stand am anderen Morgen auf, duschte sich, zog sich frische Kleider an und setzte sich wortlos an den Frühstückstisch, den Harriet bereits gedeckt hatte. Sie hatte auf das Frühstück im „Black River" verzichtet und war gleich nach dem Aufstehen zu ihrer Tochter gelaufen. Der Duft von frischem Tee zog durch die Küche. Anne nippte an ihrer Tasse.

„Anne, wie geht es dir?" wollte die Mutter wissen.

„Alles gut." log Anne.

„Was hast du jetzt vor?" bohrte Harriet weiter.

„Ich fahre gleich in den Laden. Heute kommt eine wichtige Lieferung." antwortete Anne knapp und emotionslos.

„Aber Kind, ist das nicht etwas früh? Möchtest du dich nicht noch ausruhen? Ich meine…"

Doch Anne war entschlossen, ihre Arbeit im Buchladen wieder aufzunehmen, keinen weiteren Tag mehr verstreichen zu lassen. Harriet atmete tief und schwieg. Vielleicht war Arbeit tatsächlich die beste Ablenkung.

Anne gab ihrer Mutter nach dem Frühstück einen Kuss auf die Wange, lief hastig die Treppe hinunter, stieg in ihren Mini und steuerte ihren Laden an. Frank Miller wartete bereits mit der Lieferung vor der Tür.

„Morgen, Frank." begrüßte Anne den Fahrer kurz und knapp.

„Guten Morgen, Anne. Es tut mir sehr leid, was mit deinem Freund passiert ist. Ich habe es von Charly erfahren."

„Danke." Anne gab sich sehr wortkarg, schnappte sich einen der Kartons, die Frank schon an die Tür gestellt hatte.

„Anne, lass doch! Ich mache das!" schimpfte Frank.

Doch Anne ließ seine Worte unbeachtet, schloss mit der rechten Hand die Ladentür auf, während unter ihrem linken Arm die Bücherkiste klemmte.

„Wenn ich irgendwas für dich tun kann, Anne…"

„Dann melde ich mich. Danke, Frank."

Anne war nicht nach Konversation. Sie wollte so schnell wie möglich die Lieferung annehmen und dann zum Tagesgeschäft zurückkehren. Frank war verunsichert, er wusste nicht, wie er mit Annes abweisender Art umgehen sollte. Er kannte sie sonst anders.

Anne unterschrieb den Lieferschein, dankte Frank und reichte ihm die Hand zum Abschied. Der nickte kurz, sah es dann aber als besser an, wieder zu fahren. Anne war nicht in Plauderstimmung heute. Das konnte er auch gut verstehen.

Kapitel 2

Die Wochen vergingen nur langsam. Anne stürzte sich in ihre Arbeit, um nicht an ihren Verlust zu denken. Sie fuhr morgens zeitig in ihren Buchladen, sortierte Bücher um, stellte neu gelieferte ein, machte Inventur, putzte die Regale, dekorierte häufig das Schaufenster um. Abends hatte sie es selten eilig, abzuschließen und nach Hause zu fahren. Über jeden Kunden, der kam, sie in Gespräche vertiefte, Fragen stellte oder nach bestimmten Büchern suchte, war sie mehr als dankbar, verschaffte er ihr doch die gewünschte Ablenkung. Die Umsätze waren hervorragend, denn die Bewohner Maldons hatten Mitleid mit der jungen Frau, die auf so tragische Weise ihre große Liebe verlor und kauften daher mehr Bücher in Annes Laden als je zuvor. Finanziell lief es sehr gut.

Der Sommer ging langsam seinem Ende entgegen, der September war fast vorbei. Die Tage wurden schon spürbar kürzer und kühler.

Der Michaelistag begann trüb und regnerisch. Am Nachmittag setzte auch noch ein kräftiger Wind ein, so dass sich nur wenige Menschen vor die Tür wagten. Anne hatte bis Mittag gerade einmal zwei Kunden. Nach ihrer kurzen Mittagspause kam gar niemand mehr. Anne konnte es den Leuten auch nicht verdenken; bei diesem Wetter war jeder froh, zu Hause zu sein. Gegen 18:00 Uhr blickte Anne aus dem Schaufenster, der Regen peitschte dagegen, der Himmel war dunkel und wolkenverhangen. Sie atmete tief ein und dachte: „Das war's heute. Ich schließe ab und fahre nach Hause."

Anne schnappte sich ihre Jacke vom Kleiderständer in der Ecke, griff nach ihrer Handtasche, kramte das Schlüsselbund heraus und gönnte sich und ihrem Buchladen für heute den Feierabend. Wenige Meter vom Laden entfernt parkte ihr Mini Cooper. Für diesen Umstand war Anne heute überaus dankbar, denn ihr Schirm lag auf dem Rücksitz ihres Wagens. Schon nach der kurzen Wegstrecke vom Laden zum Auto war Anne klatschnass; sie hätte keine Lust gehabt, länger durch dieses Unwetter zu laufen.

Wenige Minuten später sperrte Anne die Tür zu ihrer Wohnung auf. Ihr erster Weg führte ins Bad, wo sie die nassen Klamotten auszog und über die Badewanne hängte. Nach einer warmen Dusche holte sie sich frische trockene Sachen aus dem Kleiderschrank. In der Küche setzte sie anschließend Teewasser auf und nachdem aus ihrer Lieblingstasse der Duft von frischem Kräutertee stieg, kuschelte sich Anne auf ihr Sofa und war froh, heute doch beizeiten Feierabend gemacht zu haben. Plötzlich spürte sie, dass die vergangenen Monate doch ganz schön an ihr gezehrt hatten. Sie fühlte sich müde und erschöpft. Der heiße Tee tat ihr gut, sie nippte immer wieder an der Tasse.

Draußen rauschten Wind und Regen um die Wette. Im Wohnzimmer war es schon recht dunkel, so beschloss Anne, die Stehlampe in der Ecke anzuschalten und zündete außerdem noch die Kerze auf dem Couchtisch an. Dabei fiel ihr auf, dass die Oberfläche des Wachslichtes schon ordentlich eingestaubt war; die Kerze hatte sie schon lange nicht benutzt. Das letzte Mal war wenige Tage vor ihrem Geburtstag, als sie und Robert sich einen gemütlichen Abend machen wollten. Wehmut stieg in ihr auf. Gerade als sie sich den aufkommenden traurigen Gedanken hingeben wollte, bemerkte sie einen metallischen Geschmack in ihrem Mund. Anne fuhr sich mit ihrer Zunge über die Zähne. Der metallische Geschmack blieb. Sie trank einen weiteren Schluck Tee und meinte, den unangenehmen Geschmack damit beseitigt zu haben. Aber der Geschmack blieb. Anne überlegte, woran sie dieser seltsame Geschmack erinnerte. Dabei erhob sie sich von ihrer Couch, um sich ihren Mund im Badspiegel ansehen zu können. Der Blick in ihre Mundhöhle ließ Anne nichts Ungewöhnliches feststellen.

„Seltsam…", murmelte sie leise vor sich hin.

Zurück auf dem Sofa sah Anne in ihre Tasse, die mittlerweile leer war. Sie beschloss, mit dem Aufgießen einer weiteren noch etwas zu warten.

Auf einmal schreckte Anne auf! Zu dem unangenehmen metallischen Geschmack im Mund kam aus dem Nichts das Gefühl, als bilde sich zwischen ihren Zähnen Flüssigkeit. Es war, als sei ihr Mund eine Tropfsteinhöhle, in der sich immer mehr Wasser sammelte! Doch es schmeckte nicht nach Wasser, es schmeckte nach Blut! Anne sprang erschrocken auf und hielt sich die rechte Hand vor die Lippen. Sie betrachtete ihre Finger. Daran klebte nichts, obwohl sich ihre Lippen und die rechte Hand feucht, ja regelrecht nass anfühlten! Was war hier los? Annes Herz begann zu rasen. Sie lief wieder ins Badezimmer, schaute in den Spiegel und erwartete, ein blutverschmiertes Gesicht zu sehen. Wahrscheinlich hatte sie sich wohl versehentlich auf die Zunge gebissen. Doch ihr Gesicht war sauber, keine Spur der roten Flüssigkeit klebte an ihrem Mund. Anne versuchte den Mund zu öffnen, was ihr nicht gelang; im

Inneren hatte sich so viel Blut gesammelt, dass sie den Drang hatte, es auszuspucken. Ein leichter Würgereiz setzte ein. Das Blut schien ihr in den Hals zu laufen. Endlich ließ sich ihr Mund öffnen, Anne hustete, beugte sich über das Waschbecken und spuckte hinein. Doch außer ein wenig Spucke war nichts zu sehen. Anne hustete und spuckte noch einmal. Wieder landete nur ein kleiner Spuckeklecks im Abfluss, während sie das Gefühl hatte, ihr Mund quoll über vor frischem Blut. Panik stieg in ihr hoch! Wurde sie jetzt verrückt? Setzte nun die unterdrückte Trauer um Robert irgendwelche Psychosen frei? Anne fuhr sich mit den Fingern über die Zähne. Irgendwie hoffte sie, daran doch Blutreste zu finden, um ihren Verdacht, vielleicht irre zu werden, zu zerstreuen. Ihre Finger blieben sauber. Aufgeregt lief sie im Badezimmer hin und her. Ihr Herz raste, die Hände zitterten. Anne wusste nicht, was sie denken sollte. Immer wieder schaute sie in den Spiegel, das Bild darin änderte sich nicht.

Nach etwa einer Viertelstunde ließ plötzlich der Metallgeschmack nach, auch das Gefühl des blutvollen Mundes ebbte ab. Kurz darauf fühlte es sich alles wieder normal an.

Anne ließ sich auf ihr Sofa fallen. Ihre Gedanken kreisten. Was hatte das zu bedeuten? Rächte sich nun die viele Arbeit der letzten Wochen, die langen Tage im Geschäft, der wenige Schlaf und die unregelmäßigen Mahlzeiten? Spielte ihr Körper jetzt verrückt? Anne beschloss, sich ab sofort mehr Ruhe zu gönnen und auch regelmäßiger zu essen. Sie hatte plötzlich Angst, ernsthaft krank zu werden.

Der darauffolgende Tag verlief normal. Das Wetter hatte sich beruhigt, es blieb trocken und somit besuchten wieder mehr Leute Annes Buchladen. Trotzdem hielt sie heute an einem pünktlichen Feierabend fest. Kurz nach 17:30 Uhr saß Anne in ihrem Mini und steuerte das chinesische Bistro in der Kings Avenue an. Sie wollte sich nach der gestrigen Aufregung heute ein leckeres warmes Abendessen gönnen. Anne bestellte ein Curry-Gericht, das der flinke Asiate ruck zuck in eine bereitgestellte Pappschachtel füllte und Anne über den Tresen reichte.

Das Curry-Gericht mit Reis und frischem Gemüse schmeckte ausgezeichnet! Anne spürte, dass sich ihr Körper nach einer warmen Mahlzeit sehnte und wie gut ihr diese tat. In der vergangenen Zeit hatte sie eine gesunde und nahrhafte Ernährung sehr vernachlässigt. Sie genoss jeden Bissen. Nachdem die Schachtel leer war, stellte sie Anne auf den Tisch und lehnte sich in die Sofaecke zurück. Wenige Minuten später war sie eingeschlafen.

Das verstörende Ereignis des Vorabends blieb in den nächsten Tagen aus. Anne ertappte sich des Öfteren dabei, dass sie in den Spiegel schaute, mit der Zunge durch ihren Mund fuhr oder mit den Fingern ihre Mundhöhle kontrollierte. Auch spürte sie immer mal wieder nach, ob sich der metallische Geschmack erneut einstellte. Doch es passierte nichts. Nach einer Woche täglicher Selbstkontrolle verschwand nach und nach das Gefühl der Angst, verrückt geworden zu sein. Anne ging ihrer Arbeit nach, aß nun wieder regelmäßig und einigermaßen gesund, ging an den freien Wochenenden spazieren und spürte, dass es ihr besser ging.

Der Oktober war noch recht mild, aber es regnete oft. Das war für englische Verhältnisse, noch dazu für einen Küstenort nicht ungewöhnlich, aber Anne hatte auf mehr sonnige Tage gehofft. Die Sonne tat ihrer Seele gut. Leider hatte dieser Herbstmonat davon viel zu wenig im Gepäck.

Das Kalenderblatt zeigte nun den 1. November an. Die Tage waren schon kurz und dunkel. Nach 16:00 Uhr verirrte sich niemand mehr in den kleinen Buchladen. Die beiden Stunden bis zur Schließung verbrachte Anne dann mit der Buchhaltung, der Abarbeitung von Kundenbestellungen und der Recherche nach neuen erfolgversprechenden Neuerscheinungen.

Kurz vor Ladenschluss fegte sie das kleine Geschäft noch einmal durch, bevor sie dann in ihren Feierabend ging.

Zu Hause angekommen zog sie die Jalousie herunter. Draußen wurde der Wind stärker und braute sich zu einem handfesten Sturm zusammen. Anne ging in ihre Küche, heute wollte sie sich selbst etwas kochen. Ein paar Spaghetti mit Pesto und Käse sollten ihr reichen. Nach dem Essen räumte sie das Geschirr in den Spülautomaten und freute sich auf den Spielfilm, der in der Zeitung angekündigt war. Anne schaltete den Fernseher ein, als es plötzlich wieder ungewöhnlich feucht zwischen ihren Lippen wurde.

„Nicht schon wieder!", dachte Anne und sprang auf.

Ihr Mund füllte sich mit einer warmen Flüssigkeit, die nach Metall schmeckte, es fühlte sich an, als liefe sie ihr aus den Mundwinkeln heraus. Der affektartige Lauf zum Badspiegel brachte nur den Anblick eines normalen, aber entsetzt schauenden Gesichts. Das Blut lief mehr und mehr aus dem Mund heraus, ein warmer Strahl schob sich langsam zum Hals hin. Anne wischte sich mit beiden Händen hektisch durchs Gesicht und über den Hals, schaute auf ihre Finger – sauber… trocken… nicht rot. Sprechen konnte sie nicht, ihr Mund fühlte sich voll an, sie presste die Lippen fest aufeinander, damit das Blut nicht schwallartig herausschoss, es würde auf dem neuen Badteppich landen. Anne atmete hektisch und aufgeregt durch die Nase. Ihre Wangen hatte sie aufgeplustert, ihr Mund konnte die Blutmenge nicht mehr lange aufnehmen. Es begann ihr schon in den Hals zu laufen, so dass sie plötzlich husten musste, das Blut wollte ihr in die Luftröhre fließen. Ein lautes Hustengeräusch riss Annes Lippen auseinander, sie beugte sich rasch über das Waschbecken, damit der von ihr erwartete rote Schwall nicht den teuren neuen Badteppich traf. Sie hustete und spuckte ins Becken. Wenige Tropfen Spucke landeten auf der Keramik.

„Was… was… ist das hier?" rief Anne.

Sie hatte den Mund voller Blut gehabt, es lief ihr warm und feucht aus den Mundwinkeln und den Hals hinunter und im Waschbecken waren lediglich zwei, drei Tropfen Spucke? Sie hatte ein blutverschmiertes Badmöbel erwartet, ein ebensolches eigenes Gesicht und was sie sah, war nur ein Klecks ihrer Spucke? Was ging hier vor sich? Hatte sie sich doch noch nicht von den anstrengenden Monaten erholt? Spielte ihre Psyche ihr einen Streich und forderte sie auf, sich Hilfe zu holen? Anne war verzweifelt. Das Erlebte jagte ihr große Angst ein. Sie war mit sich allein, wem könnte sie sich anvertrauen, wen um Rat fragen?

Ihre Mutter könnte Anne anrufen, sicher, nur was sollte sie ihr erzählen? Harriet würde denken, ihre Tochter drehe nun durch und würde sicher sofort Kontakt zu einer psychiatrischen Anstalt suchen. Darauf konnte Anne gut verzichten.

„Ich bin nicht verrückt! Ich BIN NICHT verrückt!", ging es ihr durch den Kopf.

Am nächsten Abend wiederholte sich der Vorfall nicht. Anne saß, innerlich abwartend, in ihrer Küche, auf dem Herd köchelte ihre Gemüsesuppe. Sie trank ein Glas Rotwein, um sich zu beruhigen. Irgendwann schlug die Uhr Mitternacht und Anne ging erleichtert zu Bett.

Das Wochenende kam und Anne hatte sich vorgenommen, nach der Pflege von Roberts Grab eine ausgedehnte Radtour zu machen. Sie wollte in südliche Richtung, an den Feldern vorbei radeln und vor Einbruch der Dunkelheit zurück sein. Zum Glück regnete es nicht, der Himmel war zwar wolkenverhangen, aber das Wetter blieb trocken. Anne genoss die Fahrt durch die Natur. Ihre Hände wurden schon nach kurzer Zeit kalt, der frische Wind biss ihr in die Finger. Trotzdem wollte Anne unbedingt den Nachbarort erreichen, dort gab es einen idyllischen kleinen See, an dem sie sich eine Weile ausruhen wollte. Gegen 15:00 Uhr erreichte Anne den See, an dessen Ufern unbelaubte uralte Pappeln standen, die jetzt im Herbst ziemlich gespenstisch aussahen. Auf dem Wasser schwammen ein paar Enten, die laut zu schnattern begannen, als sie Anne kommen sahen. Sie lehnte ihr Rad an den Stamm einer Weide, deren lange Äste in den See hinein ragten. Außer den schnatternden Enten war es still hier, sehr still. Anne setzte sich auf die alte Bank, die am Ufer stand und ließ ihren Blick über den See schweifen. Die Ruhe kam ihr heute irgendwie unheimlich vor. Die Enten erhoben sich aus dem Wasser und flogen davon, als hätte sie etwas aufgeschreckt. Nun war nur noch das leise Rauschen des Windes zu hören. Anne begann zu frösteln. Sie zog ihren Schal fester um den Hals und suchte im Rucksack nach ihren Wollhandschuhen, die sie vorsorglich zu Hause eingepackt hatte. Jetzt beglückwünschte sie sich zu dieser Entscheidung! Anne saß gedankenversunken da, als plötzlich ein kalter Hauch um ihre Schultern wehte. Sie schreckte aus ihren Tagträumen auf und blickte sich um. Es war nichts zu sehen.

Wieder kam ein eisig kalter Hauch von hinten und legte sich um ihren Kopf und Rücken. Es war, als sei sie in eine kalte Luftblase gehüllt! Anne sprang hastig auf und drehte sich um. Niemand war zu sehen! Seltsamerweise hatte sich auch der Wind gelegt, den Anne hoffte für den

kalten Hauch verantwortlich machen zu können.
Ihr wurde es unheimlich! Sie schnappte sich ihr
Fahrrad, schwang sich eilig auf den Sitz und trat
wie wild in die Pedale, um schnellstmöglich wieder heim zu kommen.

Als sie ihre Wohnung erreichte, war es bereits
dunkel. Das letzte Wegstück hatte Anne sich
noch mehr beeilt, die Dunkelheit machte ihr noch
mehr Angst als früher, die seltsamen Ereignisse
der letzten Tage hatten ihre Furcht noch ver-
stärkt. Anne war froh und erleichtert, als sie die
Wohnungstür aufschloss und in ihre warme, be-
hagliche kleine Wohnung trat. Sie ließ die Tür ins
Schloss fallen und lehnte sich schwer atmend dagegen. Was hatte das alles nur zu bedeuten?
Anne ging in ihre Küche und setzte Teewasser
auf. Wenige Minuten später tönte das laute Pfei-
fen des Wasserkessels durch die Wohnung. Anne
hatte sich einen Beutel mit schwarzem Tee in die
Tasse getan, auf den sie sich nun freute. Sie stellte
die heiße Tasse auf den kleinen Tisch vor ihrer
Couch und lief zurück in die Küche, um sich ein
paar der leckeren Kekse zu holen, die sie sich ab
und zu in der Bäckerei kaufte.

Zurück im Wohnzimmer ließ sich Anne auf ihre
Couch fallen, zog die Füße hoch und kuschelte
sich in die Sofaecke.

Gerade wollte sie zur Teetasse greifen, als sie etwas am linken Knie berührte. Anne zuckte erschrocken zusammen! Sie wischte sich mit der linken Hand über das Knie, als wolle sie dort etwas ertasten. Wenige Sekunden später strich ihr erneut etwas über das Knie. Es fühlte sich an, als streichle eine unsichtbare Hand ihr Bein!

Annes Puls raste! Sie wusste nicht, was sie in dem Moment denken sollte!

Mit der nächsten Berührung kam wieder der kalte Hauch, den sie schon am Nachmittag verspürt hatte. Diesmal wehte er nur um ihre linke Körperhälfte. Anne blieb wie angewurzelt sitzen, unfähig sich zu bewegen. Eigentlich wollte sie aufspringen und davonlaufen, aber irgendetwas hinderte sie daran. Es war, als hielt sie jemand in ihrer Sofaecke fest. Die unsichtbare Hand blieb nun auf ihrem Knie liegen, Anne spürte einen sanften Druck. Obwohl ihr diese Situation einen Angstschauer nach dem anderen einjagte, fühlte sich die Berührung irgendwie gut an. Anne konnte es nicht beschreiben, aber diese imaginäre Hand gab ihr ein vertrautes Gefühl. Hastig atmend beobachtete sie ihr Bein. Außer ihrer Wollstrumpfhose war nichts zu sehen, der kühle Druck war noch da, ebenso der sanfte Windhauch zu ihrer Linken. Anne hatte keine Wahl, sie ergab sich der Situation.

Kapitel 3

Die Nacht brachte Anne wenig Schlaf. Sie wälzte sich im Bett hin und her, die Gedanken kreisten in ihrem Kopf, auch ein Gefühl der Angst verschaffte sich seinen Raum. Daher hatte Anne auch ein kleines Nachtlicht angelassen, eine komplette Dunkelheit konnte sie nicht ertragen. Kurz vor dem Morgengrauen schreckte Anne aus ihrem Halbschlaf.

„Robert!!", rief sie. „Es muss Robert sein!" Für Anne stand in dem Moment fest, dass ihr verstorbener Freund Kontakt zu ihr suchte.

Am Nachmittag beschloss Anne nochmals zum Friedhof zu gehen. Vielleicht gab ihr dort Robert ein Zeichen, was er ihr mitteilen wollte. Sie zupfte die Blumen und das Tannenreisig auf der Grabstelle zurecht und wartete. Sicher sah Robert sie, wo immer er sich jetzt aufhielt, bekam mit, dass sie sein Erscheinen herbei sehnte. Doch es geschah nichts.

„Robert...“, flüsterte Anne leise. „Robert, ich bin hier! Melde dich! Bitte....“

Stille. Schweigen. Kein Windhauch, keine Berührung. Anne blieb fast eine Stunde an Roberts Grab und hoffte auf ein Zeichen. Doch das blieb aus.

Ziemlich enttäuscht machte sich Anne auf den Heimweg. Sie war sich nahezu sicher gewesen, dass Robert sich heute wieder meldet, warum er es nicht tat, verstand Anne nicht. Vielleicht mochte er den Friedhof nicht oder der heutige Tag war unpassend oder er durfte sich nicht mehr bemerkbar machen, wer weiß?

Anne hoffte, dass es am Abend wieder passieren würde, nein, sie wollte nicht auf einen Zufall warten, sondern Robert selbst rufen! Nach Einbruch der Dunkelheit ließ Anne die Jalousien vor ihren Fenstern hinunter, suchte im Schrank einige Kerzen, die sie auf den Tisch stellte und anzündete. Im Fernsehen hatte sie vor einiger Zeit gesehen, dass Menschen mit Kerzenlicht und einer Art Gebet verstorbene Seelen rufen. Wie es aber richtig funktioniert, wusste sie nicht. Dennoch wollte sie es versuchen. Sie setzte sich im Schneidersitz auf den Boden vor den Couchtisch, schloss die Augen und rief leise: „Rooobert!! Robert, melde dich!“

Warten...

„Robert…", versuchte es Anne erneut.

Nichts. Auch einige weitere Versuche der Kontaktaufnahme mit Robert blieben erfolglos. Anne war enttäuscht.

„Habe ich etwas falsch gemacht?", fragte sie sich. Sie hatte ja keinerlei Erfahrungen mit solchen Dingen. In der Hoffnung, dass sich Robert vielleicht in der Nacht noch irgendwie meldete, ging sie unter die Dusche und dann ins Bett. Aber auch die Nacht blieb ruhig und ereignislos.

Die neue Woche startete kalt und regnerisch. Der November gab sich alle Mühe, seinem Ruf als Trauermonat gerecht zu werden.

Anne nutzte im Laden jede freie Minute, um im Internet nach Infos zu suchen, wie man Jenseitskontakte herstellt. Die Fülle an Wissen oder Halbwissen war grenzenlos. Unzählige Menschen, die sich Medium nannten, boten ihre Dienste, teils zu horrenden Preisen, an oder gaben Anleitungen, wie man selbst einen verstorbenen Angehörigen rufen kann. Anne machte sich Notizen und war fest entschlossen, ihren Robert – dieses Mal erfolgreich – zu kontaktieren. Jeden Abend stellte sie frische Kerzen auf, legte eine weiße Rose dazu, genauso wie das Foto von Robert, welches sie im letzten gemeinsamen Urlaub in Spanien gemacht hatte. Ein blauer Heilstein, ein Sodalith, sollte den Kontakt ins Jenseits fördern, auch dieser lag auf ihrem Tisch. Gestern hatte Anne noch gelesen, dass das Verräuchern von bestimmten Kräutern einer Seele auch den Weg zurück zu ihren Angehörigen zu finden hilft. So hatte sie sich noch schnell ein Räucherstövchen besorgt, in dem nun getrocknete Holunderblüten und Vogelbeeren vor sich hin dampften.

Bei so viel Engagement, so dachte sich Anne, müsste sich ihr Robert doch heute blicken lassen! Doch Robert meldete sich nicht.

In den folgenden Tagen verhielt Anne sich ruhig. Das abendliche Kerzenritual hatte keinen Erfolg gebracht. Es gab auch keine Berührungen der unsichtbaren Hand und keinen kalten Hauch mehr, das Tor zum Seelenland schien wieder geschlossen zu sein.

Anne ging ihrer täglichen Arbeit nach, dachte aber fast immer an die Ereignisse der vergangenen Wochen. Möglicherweise wollte sich Robert nur von ihr verabschieden und ihr einen letzten Gruß dalassen, bevor er endgültig ins Himmelreich aufstieg. Vielleicht hatte seine Seele jetzt gar keine Chance mehr, auf die Erde zu reisen und seine trauernde Freundin zu besuchen? Anne grübelte oft darüber nach, fand aber keine zufriedenstellenden Antworten.

Kurz vor Totensonntag fiel der erste Schnee. Die Flocken wirbelten durch die kalte Luft, und

Anne ertappte sich dabei, dass sie in diesem Moment wieder kindliche Freude empfand. Eine Freude, die sie seit Roberts Tod nicht mehr gespürt hatte. Eine Flocke setzte sich auf Annes Nase, als sie gerade aus ihrem Wagen stieg, um das örtliche Postamt aufzusuchen. Ihre Mutter Harriet hatte in wenigen Tagen Geburtstag, da wollte Anne sie mit einer hübschen Glückwunschkarte überraschen. Anne spürte das Kitzeln der kleinen Schneeflocke auf ihrer Nase. Es war ein kurzes Vergnügen, das kleine Kunstwerk zerfloss in wenigen Sekunden zu Wasser und rann an ihren Nasenflügeln herunter.

Der Gedenktag der Verstorbenen startete sehr frostig. Das Thermometer zeigte 5 Grad unter Null, die Natur war mit einer dünnen Schneedecke überzogen. Anne besuchte am Vormittag das Grab ihres Freundes, hielt dabei in Gedanken kurze Zwiesprache mit ihm.

„Wenn du mir noch etwas sagen willst, Robert, ich bin hier!"

Der Schneefall wurde stärker, und Anne beschloss, nach Hause zu gehen.

Als sie die Tür zu ihrer Wohnung aufschloss, war er plötzlich wieder da, der kalte Windhauch. Es war, als bliese ihr eine Böe aus dem Inneren ihrer Wohnung entgegen. Für einen kurzen Moment war Anne erschrocken, fing sich aber sofort wieder. Sie ließ die Tür hinter sich ins Schloss fallen und ging in die Küche. Zu sehen war nichts, es war auch ungewöhnlich still. Anne vernahm sonst das Ticken ihrer Wanduhr, das leise Brummen des Kühlschranks oder manchmal auch ein Knarren der Fußbodendielen. Heute blieb alles stumm, es war nicht das kleinste Geräusch zu hören. Anne fand das mehr als unheimlich. Die kühle Brise war noch immer spürbar.

Gerade als sich Anne auf ihren Kühlschrank zubewegte, um sich ein Glas Milch herauszuholen, verblasste im selben Moment die silberne Farbe des Kühlgerätes. Es hatte den Anschein, als löse sich die Farbe der Lackierung auf. Ungläubig betrachtete Anne das Gerät, streckte ihre rechte Hand aus, um zu prüfen, ob sie fantasierte oder ob sich tatsächlich gerade der Schrank auflöste. Ihre Hand landete im Nichts. Sie konnte die Tür des Kühlschranks nicht berühren, sie war zwar schemenhaft sichtbar, doch das Material schien in sich zu zerfließen. Die Mitte der Kühlschranktür glich nun einer zerknitterten Leinwand, auf der in wenigen Sekunden ein Film beginnen würde. Annes Gedanken fuhren Achterbahn, ihre Gefühle wechselten zwischen Faszination, Erstaunen, Angst und Ungläubigkeit. Was ging hier nur vor? War es echt oder spielte Annes Verstand ihr einen Streich? Sie hatte den letzten Gedanken nicht beendet, als sich auf der Kühlschrank-Leinwand langsam Umrisse formten. Es sah aus, als zeichne eine unsichtbare Hand etwas. Anne starrte auf die Tür. Aus den Umrissen wurde nach Sekunden der Körper einer Person erkennbar, die nach und nach deutlicher wurde. Die Person schien nicht allzu groß zu sein, nicht größer als Anne selbst, schätzungsweise 1,70 Meter. Ihr Körper war recht schlank, fast zierlich. Nun konnte Anne sehen, dass es sich um einen Mann handelte, dessen Silhouette ihrem Kühlschrank entsprang. Insgesamt blieb der Körper des Mannes durchscheinend, auch konnte man noch keine Gesichtszüge oder eine Körperform erkennen.

Anne stand noch immer fassungslos in ihrer Küche und beobachtete das Geschehen. Was sie aber realisierte: Die wohl aus der Anderswelt kommende Person, die sich nun in ihrer Küche befand, war nicht ihr Robert. Das war an ihrer Größe und schlanken Gestalt klar erkennbar.

Sekunden später wurde das Bild klarer. Die Seele, die Anne erschienen war, war ein junger Mann, vielleicht Ende 20, schlank, mit zerzausten schulterlangen blonden Haaren. Anne starrte ihn mit offenem Mund an. Trotz dieser mehr als ungewöhnlichen Situation ließ in Anne die Angst nach, wich nun Stück für Stück einem Gefühl der

Vertrautheit, die sie sich nicht erklären konnte. Irgendwie schien Anne diesen Typen zu kennen.

Sie brachte vor Erstaunen kein Wort über die Lippen, und auch der durchscheinende junge Mann stand wortlos in der Tür des Kühlschranks und ließ Anne nicht aus den Augen. Sein Blick hatte etwas Vertrauenswürdiges.

Allerdings hatte Anne wenig Gelegenheit, die Erscheinung etwas zu fragen, denn so schnell wie der junge Mann erschienen war, verschwand er auch wieder. Die imaginäre Leinwand an Annes Kühlschrank verblasste, die Silhouette des Mannes löste sich auf, und nach und nach trat die altbekannte silberne Farbe des Kühlschranks wieder zum Vorschein. Innerhalb von Sekunden war in Annes Küche alles so, als hätte das Ereignis von eben nie stattgefunden.

Anne ließ sich rückwärts gegen die Wand fallen und stieß einen Schwall Atemluft aus. So recht wusste sie nicht, ob sie wachte oder träumte. Ihr Blick hing noch immer an der Tür des Kühlschranks, sich fragend, was das alles zu bedeuten hatte und warum gerade ihr derartiges passierte.

Kapitel 4

In der darauffolgenden Nacht fand Anne kaum Schlaf. Unruhig wälzte sie sich im Bett hin und her, ihre Gedanken kreisten um das abendliche Erlebnis. So sehr sie auch grübelte, sie wusste nicht, wer der Geist des jungen Mannes war, der sie aufgesucht hatte. Obwohl er in ihr ein starkes Gefühl der Vertrautheit auslöste, konnte sie sich nicht erinnern, ihn schon mal gesehen zu haben. Er schien nur wenig jünger als sie selbst gewesen zu sein, wenn man von seinem Aussehen auf den Todeszeitpunkt schließen konnte. Ganz offensichtlich handelte es sich bei der Erscheinung um die Seele eines verstorbenen Mannes, so viel war Anne klar. Nur was er ausgerechnet von ihr wollte, wusste sie nicht.

Die nächsten Wochen vergingen wie im Flug. Die Vorweihnachtszeit hatte Anne, trotz ihres Alleinseins, sehr genossen, ihre Wohnung und auch den Buchladen weihnachtlich dekoriert. So kam in ihr eine leicht festliche Stimmung auf.

Zu den Feiertagen hatte sie ihre Mutter eingeladen, die Weihnachtszeit wollte sie gern in ihrer Gesellschaft verbringen. Harriet übernahm dann auch das Kochen, was Anne mehr als dankbar annahm. Sie liebte es, sich ab und an von ihrer Mutter verwöhnen zu lassen, dies ließ schöne Kindheitserinnerungen aufkommen, als die Familie wunderbare Festtage zusammen verlebte.

Während der Adventstage erhielt Anne keinerlei Besuche des jungen Mannes aus der Anderswelt. Anne hoffte, dass er nicht ausgerechnet erschien, während ihre Mutter zu Gast war, das würde sie mit Sicherheit aus der Fassung bringen. Harriet war in solchen Dingen sehr konservativ. Dennoch wünschte sich Anne insgeheim, dass sie der Geist des jungen Mannes nochmal aufsuchte. Dieses Mal nahm sie sich fest vor, ihn zu fragen, wer er sei und warum er sie besuchte.

Zwei Tage vor dem Weihnachtsfest reiste Harriet an. Anne holte sie vom Bahnhof ab, ihre Mutter kam wie immer mit dem Zug. Die Mutter fiel ihrer Tochter sofort um den Hals, als sie aus dem Zug ausstieg. Anne hatte sie schon durch die Tür erkannt, als der Zug langsam zum Stehen kam.

„Du siehst gut aus, mein Kind!", stellte Harriet fest. „Besser als... naja, du weißt..."

Harriet beendete den Satz nicht, wollte sie doch die gute Stimmung nicht gleich wieder verderben. Jetzt auf Roberts Unfall zu sprechen zu kommen, wäre mehr als unklug.

„Komm, lass uns zu dir fahren! Ich habe dir frische, selbst gebackene Cookies mitgebracht! Hab sie gestern noch schnell gebacken."

Anne freute sich über die Aussicht auf die leckeren Kekse ihrer Mutter. Niemand konnte sie so gut wie Harriet!

Anne lud den Koffer ihrer Mutter in ihren Mini, und die beiden machten sich auf den Weg zu Annes Wohnung.

Nach einer Tasse Tee und dem Genuss der frischen Cookies berichteten sich beide Frauen die Neuigkeiten der letzten Wochen, wobei Anne ihr Erlebnis aus der Anderswelt verschwieg.

Am Weihnachtstag schneite es kräftig. Anne freute sich beim Blick aus dem Küchenfenster, als sie den Flockenwirbel sah. Die weiße Pracht versetzte sie noch mehr in weihnachtliche Stimmung. Harriet hatte währenddessen liebevoll verpackte Geschenkpäckchen unter den Weihnachtsbaum gelegt, die Anne gleich auspacken sollte. Ein Kaschmirschal sowie das neue Parfum, das die Fernsehwerbung seit Wochen anpries, und eine kuschelige Sofadecke hatte Harriet ihrer Tochter mitgebracht. Anne wusste, dass ihre Mutter leidenschaftlich gern historische Romane las und hatte ihr eine recht wertvolle

Sammelreihe bestellt, die nun unter dem Baum auf ihre neue Besitzerin wartete.

Nach der Bescherung bereitete Harriet in der Küche einen weihnachtlichen Brunch vor, den sich die beiden bei Kerzenschein und leiser Weihnachtsmusik schmecken ließen. Der Schneefall setzte sich am Nachmittag fort. Anne und Harriet wollten dennoch einen kurzen Spaziergang machen, um das reichhaltige Mittagessen zu verdauen. Die beiden gingen durch die festlich geschmückten Straßen Maldons und bestaunten die mit Liebe und Aufwand dekorierten Schaufenster der Geschäfte. Hierzu hatte Anne in der Adventszeit keine Gelegenheit gehabt. Umso schöner war es heute, dies mit ihrer Mutter zu genießen!

„Ach übrigens, ich habe noch etwas mitgebracht!", gab Harriet ihrer Tochter zu verstehen. „Es ist mir neulich beim Aufräumen des Dachbodens in die Hände gefallen."

„Oh, was ist es denn?", Anne war neugierig geworden.

„Ein altes Fotoalbum von Großmutter. Ich wusste gar nicht, dass es noch existiert. Als ich klein war, habe ich es zuletzt angesehen. Großmutter muss es wohl irgendwann mal auf den Dachboden geräumt haben."

„Was ist denn da alles drin?", wollte Anne wissen.

Harriet fuhr fort: „Viele alte Erinnerungen an deine Großeltern und Urgroßeltern. Ihr schönes altes Landhaus, welches es heute leider nicht mehr gibt, und auch Großvaters Schafherde, die er so liebte."

„Das müssen wir uns unbedingt ansehen, Mum!"

Zurück in Annes Wohnung suchte Harriet sofort das Fotoalbum aus ihrer Tasche. Es sah tatsächlich schon sehr alt und abgegriffen aus. Harriet legte es auf den Tisch, und die beiden nahmen auf den Stühlen davor Platz. Die Mutter schlug das Album auf. Auf der ersten Seite waren Annes Urgroßeltern, die gemeinsam auf einer Bank vor ihrem Haus saßen. Das Schwarz-Weiß-Foto war schon ziemlich verblichen und in schlechter Qualität.

„Das sind Walther und Elisabeth", gab Harriet zu verstehen. „Die Eltern deiner Grandma. Sie hatten ein kleines Landhaus, welches leider nicht mehr existiert. Nach ihrem Tod fand sich kein Käufer für das abgelegene Grundstück und das Häuschen verfiel. Vor vielen Jahren schon hat man es abgerissen. Schade eigentlich..." Harriet wurde etwas sentimental und blätterte weiter.

Es folgten noch ein, zwei Bilder der Urgroßeltern, mehr Fotos der beiden gab es nicht. Harriet schlug die nächste Seite um, hier begann nun die Zeit ihrer Grandma und ihres Grandpas. Zunächst ein Hochzeitsfoto aus den 1950er Jahren. Die Brautleute schauten sehr ernst in die Kamera und Anne musste lachen.

„So finster möchte ich nicht auf meiner Hochzeit schauen müssen!", amüsierte sie sich.

Auch ihre Mutter fand es lustig und nickte lachend.

Das nächste Foto zeigte die jungen Eheleute bei der Arbeit auf dem Feld. Neben ihnen waren noch mehr Leute zu sehen, die ebenfalls mit Feldarbeit beschäftigt waren. Ihre Gesichter konnte man kaum erkennen, nur hinten in der Ecke des Bildes... Anne schreckte auf.

Moment... was war das? Das konnte ja nicht sein.

„Warte, Mum. Noch nicht umblättern!", hielt sie ihre Mutter an.

„Was denn, Kind?"

Anne sah näher in die Ecke des Fotos. Ihr Herz begann zu rasen, sie schluckte.

„Was siehst du denn, Anne? Du kannst doch niemand auf dem Bild kennen. Das war doch alles lange vor deiner Zeit!"

Anne traute ihren Augen nicht und konnte ihren Blick nicht vom Album richten. Auf dem Foto, einige Meter hinter ihren Großeltern, stand der junge Mann, der ihr in ihrer Küche erschienen war!

Anne tippte mit dem Finger auf ihn und wollte von ihrer Mutter wissen: „Mum, wer ist das?" Harriet hielt sich das Album vor die Nase. „Das? Tja, ich weiß nicht genau. Es könnte der Knecht deines Grandpas gewesen sein. Sie stellten ihn Mitte oder Ende der 60er Jahre ein. Bis ich zur Schule kam, war er bei uns. Ich glaube, er hieß Kurt. Doch doch… das muss er sein. Ich kann mich dunkel an ihn erinnern."

Anne war noch immer erschrocken. Harriet sah ihre Tochter an. „Warum fragst du, Anne? Du kannst den jungen Mann nicht kennen."

Anne schüttelte den Kopf. „Nein, natürlich nicht. Er sicht nur jemandem ähnlich, den ich kenne", log sie.

Im Rest des Albums war dieser Kurt nirgends mehr zu sehen. Anne wollte ihrer Mutter mehr Informationen zu ihm entlocken, wusste aber nicht, wie sie es anstellen sollte, ohne dass Harriet Fragen stellte. „Du kanntest diesen… Kurt?" tastete sich Anne heran.

Harriet nickte. „Ja, ich kann mich an ihn erinnern. Er hat meinen Eltern einige Jahre bei der

Arbeit geholfen. Als ich dann zur Schule kam, zog er weiter. Danach haben wir nichts mehr von ihm gehört."

Anne rutschte auf ihrem Stuhl hin und her. „Woher kam er, ursprünglich?"

„Ich glaube, er war Ire. Dad sagte öfter sowas wie 'Diese irische Mentalität!' Aber aus welcher Gegend er genau kam, das kann ich nicht sagen."

„Weißt du noch etwas über diesen Kurt, Mum?" Harriet sah Anne verwundert an.

„Warum möchtest du das alles wissen?"

Anne zuckte mit den Schultern. „Ach, nur so. Es interessiert mich halt."

Die Mutter überlegte kurz. „Nein, viel mehr weiß ich über ihn nicht. Ich war ja damals noch ein Kind. Er war immer sehr nett zu mir, hat manchmal mit mir gespielt. Aber nicht oft, es gab ja viel Arbeit bei uns. Tut mir leid, mehr weiß ich nicht."

Anne ging dieser Kurt nicht mehr aus dem Sinn. Es gab keine Zweifel, der Knecht ihrer Großeltern und der junge Mann aus ihrer Küche waren ein und dieselbe Person. Die Ähnlichkeit war frappierend! Nur warum erschien er ihr; sie hatte doch nie etwas mit ihm zu tun? Tief in ihrem Inneren fühlte sie sich aber zu ihm hingezogen, warum konnte Anne nicht sagen.

Kapitel 5

Nach dem Neujahrstag reiste Harriet wieder ab. Anne brachte sie zum Bahnhof, und etwas traurig verabschiedeten sich die beiden voneinander. Anne hatte es genossen, dass ihre Mutter sie einige Tage verwöhnte, für sie kochte und ihr zuhörte. Auch Harriet war froh, dass ihre Tochter wieder etwas offener war. Offenbar hatte sie den Verlust von Robert mittlerweile gut verarbeitet. Die Mutter hoffte insgeheim, dass über kurz oder lang wieder eine neue Romanze in Annes Leben trat. Ihre Tochter war so jung, da sollte man nicht alleine sein.

In der zweiten Januarwoche öffnete Anne ihren Buchladen wieder, die Weihnachtsferien waren vorbei. Die Leute kamen trotz des kalten Wetters, lösten Gutscheine ein, die sie zu Weihnachten geschenkt bekommen hatten, einige wollten auch geschenkte Bücher umtauschen, die ihnen nicht gefielen. Anne war gut beschäftigt.

Am Freitagabend war Anne irgendwie froh, dass die Woche vorüber war. Sie fühlte sich nicht wohl, hatte Kopfschmerzen und war erschöpft. Daher beschloss sie, heute früh zu Bett zu gehen. Sie fand schnell in den Schlaf und landete in einer wilden Traumwelt. Unruhig wälzte sie sich im Bett hin und her, die Bilder in ihrem Kopf ließen keinen ruhigen Schlaf zu. Anne sah eine Hand auf sich zukommen, die nach ihr greifen wollte, und schreckte hoch. Der zweite Schrecken wartete, als sie die Augen aufriss. Vor ihrem Bett, an der Schlafzimmertür, stand wieder die Silhouette des jungen Mannes und sah sie an! Kurt!! Er stand wie in eine Lichtkugel gehüllt da und blickte zu Anne, deren Atem sich in diesem Moment überschlug!

Hastig atmete sie ein und aus und versuchte einige Worte herauszupressen: „Bist du Kurt? Was willst du von mir?"

Die Lichtgestalt an der Tür sah sie weiterhin nur regungslos an. Trotz des Schreckens hatte Anne keine Angst, die Erscheinung vor ihr strahlte etwas Beruhigendes aus, etwas Vertrauenerweckendes. Anne fühlte sich magisch zu dem jungen Mann hingezogen. Sie rutschte zur Bettkante vor und streckte ihren Arm aus. „Kennst... du... mich?" Sie stellte die Frage, wusste aber tief in ihrem Inneren bereits die

Antwort. Die Lichtgestalt schien zu nicken, zumindest kam es Anne in diesem Moment so vor. „Ich bin Anne...!" hauchte sie.

Der junge Mann zeigte ein Lächeln. „Kurt? Du bist... Kurt?" wollte sie wissen.

Wieder folgte ein Nicken auf ihre Frage. Annes Herz überschlug sich beinahe. Ihre ausgestreckte Hand berührte seinen durchscheinenden Arm, konnte ihn aber nicht fassen. Er schien nicht aus greifbarer Materie zu sein. Dennoch strahlte von ihm eine wunderbare Wärme aus, die Annes Inneres durchzog. Sie fühlte sich wie in eine Wolke aus Licht, Wärme und Geborgenheit gehüllt. Kurt lächelte Anne noch immer an. Sie sah ihn fasziniert an und war in einer anderen Welt. Während Anne nicht so recht wusste, ob sie wachte oder träumte, legte Kurt seine rechte Hand an seine Brust, als wolle er sein Herz berühren. Im nächsten Moment streckte er die gleiche Hand zu Anne aus und berührte ihre Brust.

Annes Herz explodierte fast in dieser Sekunde, eine riesige Wärmewelle erfasste sie, sie begann zu zittern, die Energien ließen sie fast ohnmächtig werden. Anne hatte in diesem Moment ein unglaublich starkes Gefühl der Liebe zu diesem unbekannten Mann, der als feinstoffliches Wesen vor ihr stand. Ihr war, als würde sie ihn schon ewig kennen und lieben.

Seine Nähe tat ihr so gut, sie fühlte sich geliebt und gleichzeitig beschützt.

Nach wenigen Augenblicken war die Welle vorbei, Annes Puls beruhigte sich, sie ließ sich erschöpft auf ihr Kissen fallen. Das grelle Licht vor ihr wurde nun langsam blasser, die Konturen der Seelengestalt undeutlicher, vermutlich musste Kurt nun gehen. „Bleib doch, bitte, bleib!", bettelte Anne. Sie wollte ihn jetzt keinesfalls gehen lassen. Doch das Licht und die Umrisse schwanden weiter und weiter und waren Sekunden später nicht mehr zu sehen. Anne blieb traurig zurück. Was war hier gerade geschehen? Sie ließ die letzte Viertelstunde Revue passieren. So etwas hatte Anne noch nie erlebt! Es war einfach unglaublich! Sie hatte eine Seelenbegegnung, die sie tief im Inneren berührt, ja etwas in ihr verändert hatte. Dieser ehemalige Knecht ihrer Großeltern löste ein Wohlgefühl in ihr aus, wie jemand, mit dem man seit Ewigkeiten zusammen war und dem man vollkommen vertraut.

Anne lag in ihrem Bett, starrte an die Decke und dachte über das Geschehene nach. Wie sollte es nun weitergehen? Sie grübelte noch eine Weile, aber irgendwann übermannte sie doch der Schlaf, der ihr erneut lebhafte Träume bescherte.

Kapitel 6

Am anderen Tag war Anne ziemlich fahrig und durcheinander. Zum Glück hatte sie heute frei, worüber sie sehr froh war. In ihrem Laden konnte sie so einen Zustand nicht gebrauchen. Ob Kurt ihr heute wieder erschien? Anne ertappte sich dabei, dass sie sich genau das sehnlichst wünschte, sie wollte ihn unbedingt wiedersehen!

Die kommenden Tage verliefen ruhig. Kurt erschien nicht, was Anne sehr traurig machte. Sie fragte sich, warum sie sich zu ihm so hingezogen fühlte, obwohl sie ihm in ihrem Leben nie begegnet war und sie sich doch offensichtlich nicht kannten. Wie konnte so etwas sein? Wer konnte ihr bei der Beantwortung ihrer Fragen helfen?

Ende Januar hatte ihre Freundin Liz Geburtstag und lud Anne zu einer kleinen Feier ein. Auch Betty wollte kommen. Anne freute sich riesig, ihre beiden Freundinnen wiederzusehen! Da alle beruflich recht eingespannt waren, gab es nur unregelmäßige Treffen, die dann aber umso schöner waren.

Anne hatte einen Strauß bunter Blumen besorgt, einen Frühlingsstrauß, den die Floristin gekonnt zusammengestellt und gebunden hatte. Dazu sollte die Freundin ihr Lieblingsparfüm bekommen, „Lily of the Valley" mit einem zarten Maiglöckchenduft.

Am frühen Nachmittag stieg Anne in ihren Mini und startete die etwa 20 Meilen lange Fahrt. Liz öffnete fröhlich die Tür und fiel ihrer Freundin um den Hals.

„Oh… warte…" Anne versuchte den teuren Geburtstagsstrauß in Sicherheit zu bringen, damit ihn Liz nicht zerdrückte. „Happy Birthday!"

„Danke, Liebes! Komm doch rein! Sieh nur, Betty ist schon hier!" Liz wies Anne in ihr Wohnzimmer, in dem Betty bereits wartete. Anne, die immer noch die Blumen und Liz' Geschenk in den Händen hielt, steuerte auf Betty zu, um diese freudig zu begrüßen.

„Willst du nicht erstmal deine Geschenke übergeben?" lachte Betty und erhob sich.

Anne begann laut zu lachen. „Ja, natürlich! So wird das nichts mit der Begrüßung!" Sie wandte sich zu Liz um und hielt ihr das kleine Päckchen und den Blumenstrauß vor die Nase.

„Bitte, meine Liebe! Einen schönen Geburtstag wünsche ich dir und viel Freude hiermit!"

Liz nahm die Präsente lächelnd entgegen und ermöglichte so die Umarmung von Anne und Betty.

Die drei hatten einen wunderbaren Nachmittag. Liz hatte Kuchen gebacken und eine neue Sorte Tee gekauft, den sie zur Feier des Tages servierte.

„Und, meine Damen, was gibt es Neues?" wollte Betty wissen. „Ich bin gar nicht mehr so richtig auf dem Laufenden."

Liz rückte sich auf ihrem Stuhl zurecht, als hätte sie genau auf diese Frage gewartet. „Mädels! Ich muss euch was erzählen!" Mit gerader Brust und voller Enthusiasmus wollte es nur so aus ihr heraus. „Ich war neulich zu einer Rückführung..."

„Wo warst du...?" fiel ihr Betty ins Wort. „Was ist eine Rückführung?"

„Oh, Kinder, das ist genial! Man wird in eine leichte Hypnose versetzt und das Bewusstsein reist praktisch in ein früheres Leben zurück! Also in ein Leben, welches du mal geführt hast, früher..."

„Wow!" warf Anne ein. „Erzähl weiter..."

Liz fuhr fort. „Eine Miss Foster leitete die Rückreise an. Sie ist wirklich total kompetent und man fühlt sich absolut aufgehoben bei ihr. Ich bin einige Jahrhunderte zurückgereist, also meine Seele. Fand mich in einem kleinen Dorf wieder, in dem ich als Bauernmädchen wohnte. Meine Eltern schienen nicht reich gewesen zu sein, es sah alles recht ärmlich aus."

Anne hing ihrer Freundin gespannt an den Lippen. „Und was hast du da gemacht?"

Liz erzählte weiter. „Wir waren wohl eine sehr gläubige Familie. Ich sah mich in die Kirche gehen und beten. Irgendwann tauchte in meiner Seelenreise ein junger Mann auf, in den ich mich verliebte. Leider schien er es nicht sonderlich ernst mit mir zu meinen, spielte mit meinen Gefühlen. Zu guter Letzt sah ich ihn wegreiten und ich blieb weinend und mit gebrochenem Herzen zurück." Liz ließ sich auf ihrem Stuhl zurückfallen.

Betty sah sie erstaunt und wortlos an. Anne ergriff das Wort. „Das ist ja unglaublich! Du warst tatsächlich in DEINEM früheren Leben?"

„Ja! Miss Foster erklärte uns zu Beginn, es wird nicht unbedingt das letzte Leben sein, in welches man reist. Die Seele entscheidet, was sie dir zeigen will. Du landest in jedem Fall in dem Leben, wo du noch etwas zu klären hast. Das kann das vorletzte sein oder eins, was noch länger zurückliegt."

Anne war fasziniert. Sogleich kam ihr in den Sinn, dass sie das auch unbedingt ausprobieren wollte. Vielleicht könnte sie auf diese Weise mehr von Kurt erfahren? Möglicherweise könnte diese Miss Foster ihr helfen, eine Seelenreise zu ihm zu machen.

„Liz, kannst du mir die Nummer von Miss Foster geben?"

„Na sicher! Sag bloß, du willst es auch ausprobieren, Anne? Das hätte ich dir gar nicht zugetraut!" lachte Liz.

„Ja, das klingt alles total interessant. Warum soll ich es nicht mal versuchen?" Anne verschwieg ihrer Freundin ihre wahren Beweggründe, warum sie auch auf Seelenreise gehen wollte.

Betty schüttelte den Kopf. „Für mich wäre das nichts. Ich hätte Angst, ich wache da nicht mehr auf oder lande in einem Leben, wo man mich umgebracht hat, oder so!"

Liz wand sofort ein. „Unsinn! Du hast jederzeit die Kontrolle. Es fühlt sich an, als wärst du im Halbschlaf. Sobald es dir unangenehm wird, gibst du ein Zeichen und Miss Foster beendet es sofort."

„Trotzdem," entgegnete Betty, „ich hätte da Bedenken. Für mich wäre das nichts." Doch Anne ließ sich die Nummer von Miss Foster notieren und hatte schon beschlossen, sie schnellstmöglich anzurufen.

Den ganzen übrigen Abend kreisten Annes Gedanken um ihre geplante Seelenreise. Was würde sie erfahren oder sehen? Würde sie mehr über Kurt erfahren? Oder würde ihre Seele ihr ein ganz anderes früheres Leben zeigen, in dem Kurt gar keine Rolle spielte?

Liz stupste ihre Freundin an. „Anne, wo bist du denn mit deinen Gedanken? Irgendwie wirkst du heute abwesend! Ist dir nicht gut?"

„Doch doch, meine Liebe! Keine Sorge. Ich hab nur vor mich hin geträumt," beschwichtigte Anne. Allerdings ließ sie der Gedanke an Kurt und mögliche neue Erkenntnisse über ihre beider Bekanntschaft nicht mehr los.

Kurz vor Mitternacht verabschiedete sich Anne. „Liz, es war wunderschön bei dir! Danke für den tollen Tag!"

„Du musst unbedingt bald wiederkommen! Ihr beide! Wir dürfen nicht wieder so viel Zeit verstreichen lassen!"

„Du hast recht, Liz!" bekräftigte Anne die Abschiedsworte ihrer Freundin. „Betty, soll ich dich mitnehmen? Ich kann dich gern zu Hause absetzen!" bot Anne an.

Betty nickte. „Gerne... Der letzte Bus ist längst abgefahren. Ich wüsste jetzt wirklich nicht, wie ich...“

„Kein Problem.“ Anne reichte Betty ihren Mantel. „Komm, es ist ja nur ein kleiner Umweg nach Dellyham. Ich bringe dich gern nach Haus!“ Die beiden umarmten das Geburtstagskind und machten sich dann auf den Heimweg. Anne setzte Betty vor ihrer Haustür ab, sie bewohnte ein kleines Häuschen mit einem kleinen Garten davor. Im Sommer blühten hier die Rosenbüsche in vielen Farben. Anne nahm sich fest vor, die Freundin in der warmen Jahreszeit zu besuchen, um die schönen Rosen blühen zu sehen.

Am anderen Tag suchte Anne den Zettel mit der Telefonnummer von Miss Foster heraus. Sie wählte die Nummer und überlegte dabei, zu welchem Ort die Vorwahl eigentlich gehörte. Das hatte sie glatt vergessen, Liz zu fragen. Nach kurzem Klingeln meldete sich eine Stimme am anderen Ende.

„Guten Tag, Foster hier!“

Anne räusperte sich. „Guten Tag, Miss Foster, Sie kennen mich noch nicht. Meine Freundin Liz Jones hat mir Ihre Nummer gegeben. Sie war neulich...“

„Aaach, die Liz!“ flötete die Stimme am anderen Hörer. „Ich weiß schon!“

„Ja, ich... also, ich würde..." Anne suchte nach passenden Worten, um sich bei Miss Foster anzumelden.

„Sie möchten bei mir eine Rückführung buchen, stimmts?" Miss Foster war natürlich im Bilde, was das Anliegen der Anruferin war.

„Ja, sehr gern. Wann würde es Ihnen denn passen?" Anne hörte das Blättern in einem Buch, wahrscheinlich der Terminkalender von Miss Foster.

„Hmmmm... warten Sie... diese Woche? Nein, da hab ich nichts frei. Wie wäre es... Sekunde... am Samstag in der nächsten Woche?"

Freudig stimmte Anne zu. „Sie brauchen doch bestimmt noch die Adresse, Kindchen, oder nicht?" Meggie Foster nahm Anne die noch wichtige Frage ab.

„Natürlich, ja!"

„Claring House Nr. 5 in Danbury. Ich erwarte Sie dann nächsten Samstag!"

Anne machte sich im Laufe der Woche unzählige Gedanken, wie die Rückführung wohl ablaufen würde. Sie hatte so etwas noch nie miterlebt und ihre Gefühlslage schwankte zwischen freudiger Erwartung und Ängstlichkeit. Liz hatte ihr zwar versichert, es sei ganz harmlos, aber was wäre, wenn sie aus der Trance nicht mehr erwachte oder sich Bilder zeigten, die sie dann nicht verarbeiten könnte?

Der Samstag nahte und Anne wusste nicht, ob sie lachen oder weinen sollte. Schließlich überwog die Neugier und der tiefe Wunsch, nähere Informationen zu ihrem Kurt zu bekommen.

Am frühen Nachmittag startete Anne in Richtung Danbury. Für die kurze Strecke würde sie nur etwa eine Viertelstunde brauchen. Schnell hatte Anne auch die Adresse von Meggie Foster gefunden; ein kleines Reihenhaus in einer ruhigen Nebenstraße. Anne parkte ihren Mini direkt vor dem Haus und musterte das Häuschen. Sah eigentlich ganz normal aus, fast langweilig, dachte sich Anne. Irgendwie hatte sie etwas Spektakuläres erwartet, schrill, auffallend, eine Art Ashram. Auf das Läuten der Hausglocke öffnete sich wenige Sekunden später die Tür. Eine gertenschlanke Dame mit tiefschwarzen Haaren blickte Anne in die Augen.

„Hallo Anne. Ich habe dich erwartet!"

Anne erwiderte den Gruß und trat ein. Meggie Foster wirkte eher wie die Hausdame, hatte ein schwarzes Kleid an und trug die Haare kurz und wellig, wie in den 1920er Jahren. Ein bisschen wirkte sie auf Anne wie aus einer anderen Zeit. Dennoch hatte Meggie Foster etwas Vertrauenserweckendes an sich, Anne fühlte sich gut aufgehoben in ihrer Gesellschaft. Ihre innere Angst hatte schon deutlich nachgelassen. Miss Foster wies Anne in einen kleinen Raum, der spärlich beleuchtet war. In der Mitte lag eine dickere Matte mit einem Kissen und einer Decke. Daneben stand ein kleiner Tisch, auf dem eine Teekanne mit zwei passenden Tassen stand. Links und rechts warteten zwei Sessel auf ihre Bestimmung. Das einzige Fenster des Raumes war durch einen dunkelroten schweren Vorhang verschlossen. In der hinteren Ecke verrichtete eine alte Stehlampe, wahrscheinlich aus den 1950er Jahren, ihren Dienst. Die Glühlampen hatten aber eine geringe Wattzahl, viel Licht gaben sie nicht her. Aber vermutlich war es auch so gewollt.

Meggie deutete mit einer Handbewegung auf den hinteren Sessel. „Setz dich, Kindchen!" Anne gehorchte und nahm Platz. „Tee?" Schon hatte Meggie die Kanne in den Händen, wartete Annes Antwort gar nicht ab und goss ihr eine Tasse ein. Danach ließ sie sich selbst in ihren Sessel fallen. Während Anne an ihrer Tasse nippte, schaute sie zu Meggie hinüber. 'Wie alt sie wohl ist? Kann man schwer schätzen… 45 vielleicht oder schon 50?' ging es ihr durch den Kopf. Meggie lächelte freundlich und unterbrach die kurze Stille.

„Was kann ich für dich tun, Kindchen?"

„Naja, ich bin wegen einer Rückführung hier."

„Hat das einen besonderen Grund?" wollte Meggie wissen.

„Ja… irgendwie schon…" Anne rutschte auf ihrem Sessel hin und her und begann, ihre Geschichte aus den letzten Wochen, von der ersten Berührung der unsichtbaren Hand bis zur Erscheinung der Seele ihres Kurt, zu erzählen. Es sprudelte nur so aus ihr heraus. Meggie hörte interessiert zu und unterbrach Anne nicht. Als Anne zu Ende berichtet hatte, fragte Meggie:

„Und nun möchtest du wissen, woher du diesen Kurt kennst? In welchem Leben ihr euch begegnet seid?"

„Ja!! Ja, das möchte ich! Unbedingt!"

Meggie holte tief Luft. „Das können wir gern versuchen, nur versprechen kann ich es nicht. Deine Seele reist immer zuerst dahin, wo sie meint, dir etwas zeigen zu wollen oder zu müssen. Das ist nicht immer das Leben, was dich gerade interessiert. Das solltest du wissen. Ich möchte dir nur eine Enttäuschung ersparen. Vielleicht hast du aber Glück und landest heute in diesem Leben, mit diesem Kurt. Kann gut sein. Probieren wir's!"

Sie wies Anne auf die bereitgelegte Matte. Anne legte sich darauf und Meggie deckte sie mit der Wolldecke zu. „Keine Angst! Es kann dir nichts passieren," beruhigte Meggie die leicht aufgeregte Anne. „Zuerst versetze ich dich in einen leichten Schlaf, wie in einer Meditation. Du bekommst weiterhin alles mit und kannst jederzeit Stopp sagen."

Meggie begann mit sanfter Stimme von einer grünen Wiese zu erzählen, auf der Anne stand, vom leisen Säuseln des Windes und Vogelgezwitscher. Anne fühlte sich schon leicht benommen, aber nicht unwohl. Eine leichte Müdigkeit überkam sie, und sie fand sich Stück für Stück in einer anderen Welt wieder. Wie aus der Ferne hörte sie Meggies Worte:

„Geh weiter. Geh langsam weiter. Was siehst du? Wo bist du?"

Anne sah sich in ihrer imaginären Welt um. „Ich… ich bin… es ist warm. Die Sonne scheint. Ich bin in einer Stadt."

„Sehr gut. Sieh dich um! Bist du allein?"

„Nein. Neben mir ist jemand. Ein Kind. Ein Junge, etwa 8 oder 9 Jahre alt. Es fühlt sich an, als gehöre er zu mir." Anne befand sich wie in einem Film, in dem sie die Hauptrolle spielte.

„Erzähl weiter, Kindchen."

„Ja. Der Junge nimmt meine Hand. Es ist… es ist mein kleiner Bruder! Er nennt mich Erika!" Anne atmete hastig, ihre Augen gingen hin und her.

Meggie hielt ihre Hand. „Alles in Ordnung, meine Liebe."

„Ich bin Erika, seine Schwester. Wir sind irgendwo anders. Nicht in Großbritannien. Der Kleine zieht mich weg. Oh… was ist los? Es wird plötzlich so laut!"

Anne wurde unruhig. „Bist du in Gefahr? Möchtest du zurückkommen?" wollte Meggie wissen.

„Nein, nein. Ich will sehen, was passiert. Es wird immer lauter. Der Kleine beginnt zu laufen, zieht mich mit. Er zeigt auf ein Wohnhaus, da will er wohl hin! Ohrenbetäubender Lärm über uns! Flugzeuge... ganz viele... fliegen dicht über der Stadt. Es macht uns Angst! Wir haben das Haus fast erreicht! Nur noch ein paar Schritte... Geschafft! Es knallt hinter uns, eine Explosion! Ich höre fast nichts mehr! Der Kleine sieht mich glücklich an. 'Wir sind gerettet!' sagt er. Zeigt auf den Keller des Hauses. Da will er hin... läuft die Stufen hinunter. Ich hinterher. Dort sitzen schon einige Leute... Der Kleine setzt sich auf eine Holzkiste, zieht mich am Arm, ich solle mich neben ihn setzen. Das tue ich. Er lehnt sich an mich... diese Augen... seine Augen! Ich kenne sie, ich habe diese Augen schon mal gesehen! Kurt?!... Kleiner Bruder, heißt du Kurt?" Ein Lächeln huscht über sein Gesicht. Er nickt..."

Anne ist mitten in ihrer Seelenreise und tief ergriffen. Meggie beobachtet sie genau, jederzeit bereit, einzugreifen, falls etwas nicht in Ordnung wäre.

„Oh... Meggie... nein... nein...“ Anne wird leicht panisch.

„Was ist?“

„Die Kellertür fliegt auf! Zwei Uniformierte, Soldaten... stürmen hinein! Diese Blicke, voller Zorn! Sie haben Gewehre... nein... nein... bitte nicht... der Soldat hebt die Arme... ich höre einen Knall, der kleine Junge neben mir bricht zusammen. Er blutet aus dem Mund... ich...“

Bevor Anne weiter berichten konnte, gab ihr Meggie zwei leichte Klapse auf die Wange. „Komm... wach auf! Komm zurück!“ Meggie ahnte, dass die Seelenreise keine gute Wendung nehmen würde, und wollte Anne ein noch tragischeres Ende ersparen. „Tief atmen, Kindchen! Alles in Ordnung, komm langsam zu dir!“

Anne blinzelte mit den Augen und mit ein, zwei Atemzügen war sie wieder im Hier und Jetzt. „Bleib noch liegen, meine Liebe. Komm erstmal in Ruhe zu dir,“ gab Meggie Anweisung. Langsam kehrte Anne wieder in ihre alte Welt zurück. Ihr Herz pochte noch immer laut, sie war in ihrer Erinnerung noch ganz in der eben beendeten Seelenreise.

„Wie geht es dir?“ wollte Meggie wissen.

„Gut. Doch, es geht mir gut. Es war so... aufregend. Ich habe tatsächlich Kurt gesehen. Er war damals mein kleiner Bruder, der wohl erschossen wurde.“

Meggie nickte. „Ja. Nun weißt du, woher ihr euch kennt. Und das wird sicher nicht das einzige gemeinsame Leben gewesen sein, das ihr beide hattet. Er ist dein Seelenzwilling, Liebes!“ Bei diesen Worten durchströmte Anne ein warmer Schauer, vom Kopf bis zu den Zehen. Eine wahre Energiewelle hatte sie ergriffen und durchschüttelte sie. Meggie war das nicht entgangen. „Siehst du, ich habe Recht! Ich wusste es vorhin schon, als du hier ankamst. Ihr habt euch gesucht und wiedergefunden!“

Anne war geflasht! „Seelenzwilling? So was gibt es?“

Meggie lachte leise. „Natürlich! Jeder Mensch hat einen! Du, ich, deine Freundin Liz. Alle.“

Anne versuchte sich langsam aufzusetzen. „Und Kurt ist mein Seelenzwilling?“

Meggie nickte zustimmend. „So sieht es aus. Solche Begegnungen sind immer sehr emotional. Du hast es gerade selbst bemerkt. Sie gehen einem durch und durch. Aber es ist wunderschön. Nicht jeder Mensch hat zu seinen Lebzeiten das Glück, seinen Seelenzwilling zu treffen.“

Anne war immer noch aufgeregt. Der heutige Nachmittag war wohl der aufregendste und emotionalste, den sie je erlebt hat.

Nachdem sie wieder im Sessel saß, wollte sie von Meggie wissen, wie es nun mit ihr und ihrem Kurt weitergeht. „Das kann ich dir nicht sagen. Das entscheidet ihr beide oder euer beider Bestimmung. Warte einfach, was sich zeigen wird."

Kapitel 7

Die nächsten Tage verbrachte Anne damit, ihre Seelenreise zu verarbeiten. Sie und Kurt waren tatsächlich in ihrem früheren Leben Geschwister, lebten zu Zeiten des Weltkrieges gemeinsam in einer deutschen Großstadt. Allem Anschein nach hatten sie beide ein kurzes Dasein, kamen durch menschliche Hand in den Kriegswirren ums Leben. Anne war nun in einem englischen Dörfchen gelandet, während ihr Kurt in den himmlischen Sphären weilte. Zwischendurch lebte er kurzzeitig als Angestellter bei ihren Großeltern; was dann aus ihm wurde, weiß niemand.

Mit dem Blutgeschmack, den Anne vor einigen Monaten in ihrem Mund spürte, wollte Kurt sich ihr zeigen, auf sich aufmerksam machen. Es war wohl das Letzte, was beide in ihrem gemeinsamen vergangenen Leben wahrnahmen, als der Soldat das Gewehr auf sie richtete. Ziemlich makaber, zugegeben, aber sehr wirkungsvoll. Kurt hatte Annes Aufmerksamkeit definitiv erreicht!

Anne fühlte eine tiefe innere Verbundenheit zu ihrem Seelenzwilling, hätte ihn am liebsten immer bei sich. Aber sie ahnte, dass das nicht möglich war.

Zwei Wochen nach dem Besuch bei Meggie Foster wurde Anne nachts aus dem Schlaf gerissen. Sie fühlte eine Berührung an ihrer Schulter, im Schlafzimmer war es ziemlich hell, obwohl gerade kein Vollmond war. Anne wusste, dass es Kurt war, der sie besuchte. Außer dem Licht war nichts zu erkennen. Sie blickte sich im Raum um, in der Hoffnung, ihren Kurt in irgendeiner Ecke erscheinen zu sehen. Leider erfüllte sich ihr Wunsch nicht. Eine wohlige Wärme umhüllte ihren Oberkörper, etwas Unsichtbares streichelte ihre Hand.

„Kurt… ich weiß, du bist es!" flüsterte Anne.

Wieder streichelte etwas ihre Hand. „Warum darf ich dich heute nicht sehen?"

Keine Antwort. Plötzlich überkam Anne eine tiefe Traurigkeit. Sie ahnte, dass dies heute Nacht ein Abschied war. Meggie Foster hatte ihr erzählt, dass sich manche Seelen begegnen, um den anderen, der ein Erdenleben führt, an ihre Existenz zu erinnern. 'Hallo, ich bin da! Du bist nicht allein!' Meist möchten sie dann ihre Erdanbindung auflösen und endgültig in den Himmel aufsteigen oder in ihr Seelenland, wie Meggie Foster es formulierte. Vermutlich erlebte Anne gerade diesen Moment. Anne empfand tiefe Dankbarkeit für die Begegnung mit ihrem Seelenzwilling, vor einigen Monaten hatte sie nicht einmal gewusst, dass es so etwas überhaupt gab! Andererseits war sie nun traurig, ihn wieder gehen lassen zu müssen. Sie spürte aber, dass dies unumgänglich war. Ihr Herz pochte laut und sie hauchte ein leises „Ich liebe dich!" in die Nacht. In diesem Moment flackerte das Licht in ihrem Schlafzimmer auf, wurde für einen kurzen Moment sehr grell. Für Anne war das das Zeichen seiner Antwort. Kurz darauf erlosch es, die Dunkelheit hatte den Raum wieder eingenommen. Kurt war gegangen, in sein Seelenland, in den Himmel, wie man es auch nennen mag. Anne saß in ihrem Bett und einige Tränen liefen ihr über das Gesicht. Sie wusste, dass sie ihren Kurt in diesem Leben nicht mehr sehen würde, er würde aber oben auf sie warten. Später, wenn ihr eigenes Erdendasein seinem Ende zuging, würde er da sein und sie am Himmelstor in Empfang nehmen. Obwohl dies niemand aussprach, wusste Anne, dass es genau so sein würde.

Kurt erschien seit dieser Nacht tatsächlich nie wieder. Anne hatte sich das Foto aus dem alten Familienalbum ihrer Großeltern, auf dem Kurt zu sehen war, herausgetrennt, es eingerahmt und auf die Kommode im Wohnzimmer gestellt. So hatte sie das Gefühl, er wäre noch bei ihr. Fast täglich sprach sie in Gedanken mit ihm, fragte ihn um Rat, wenn sie ein Problem hatte. Und immer folgte eine Antwort, manchmal als Gedanke, manchmal als starker Impuls oder Kurt sendete Zeichen, wie einen Regenbogen oder eine plötzlich vom Himmel fallende weiße Feder. Anne wusste diese Zeichen immer zu deuten und Kurts Rat half Anne immer weiter.

Abends, wenn die Sterne aufgegangen waren, richtete Anne ihren Blick in den Himmel und oft, sehr oft, tauchte aus dem Nichts ein besonders heller Stern auf, der mehr als alle anderen funkelte. Da wusste Anne, das ist ihr Kurt, der in diesem Moment an sie denkt!

Eine Welt voller Bücher

Unvergessliche Abenteuer
Faszinierende Charaktere
Neue Welten und Ideen

Bei Infinity Gaze endet
die Lesereise nie!

Jetzt entdecken unter:
www.infinitygaze.com